KB069763

DENMA

THE QUANX

2

양영순

네오카툰

chapter .09

만드라고라

거봐, 내가 뭐랬어?
놈들이 애플에 대해
알고 있을 거랬잖아.

멤버들한테 알려. 의미 있는
정보 교환은 금지한다고.

애플 회합은, 당분간 없다.
놈들은 아마도 게임 속 암호까지
파악하고 있을 것이다.

저것들…
내 일거수일투족을
감시중일 테지?

그러고 보니
스파이웨어…

탕

역시… 그런 거였나?

침착하자. 애플에 대해
암시만 준 걸 보면

당장 날 어쩌진
않을 거야.

힝끗

……

근데…

이런, 빌어먹을! 제기랄!
왜? 내가 왜? 저깟 안드로이드
눈치를 살피는 건데? 왜?

실버퀵,
이 빌어먹을
개자식들아!

냐하냐, 주인님
컨디션이 이제 완전히
회복된 것 같아.

뭐야?

새 일정표…

5

급한 물건은 전부 그대로잖아!

에드레이! 반장, 이 여우 같은 자식을 그냥…

살려주세요.

?

허억! … 침착하자니까!

올해도 나오미 수녀님의 승리네요.

아, 이거 정말 서운한걸.

가장 많은 애정을 준 사람의 얼굴을 기억하는 만드라고라,

뭐, 자연이 거짓말 하겠습니까?

6

내가 녀석들한테
작년 한 해 얼마나
정성을 기울였는지…

그거야 제가
잘 알지요.

하지만 몇 년째
수녀님 얼굴만
내민다는 거,

도대체 사형의 보살핌에
뭐가 부족한 걸까요?

그렇지 않아도
이번에 배송하면서
수녀님 앞으로
쪽지 보냈어.

대체 비결이
뭐냐고 말이야.

요 녀석들아,
너희를 돌보고 있는 건
이제 나란 말이야.

내가 쏟은 정성에
답을 해줄 때도
되지 않았니?

……

ZZ…

나오미 수녀!
오줌 마려!

빨리 안 오면
그냥 바지에 싸버린다!

자… 잠깐만요!

7

네?

수녀님, 부원장님께서 모두 모이시라고…

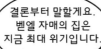

결론부터 말할게요. 벧엘 자매의 집은 지금 최대 위기입니다.

대체 어디서부터 뒤틀려버린 거죠?

여기 누군가의 건의로 노숙자들을 끌어들이기 시작하면서부터죠.

냄새난다고 신자들도 하나둘 떠나버리고…

게다가 소문을 듣고 각지에서 걸인들이 몰려들기 시작하니…

동네 사람들 불만이 보통이 아니에요.

무엇보다도 토지 반환 소송에서 패소했으니 이제…

아… 안 됩니다. 거긴 들어가시면 안 돼요!

!

터엉

원장 할망구 나와!

아니, 저 사람들이 여기가 어디라고…

9

천주님,

제가 짊어진 짐이 너무 무겁습니다.

완전히…

지쳐버렸어요.

오늘 난데없는 생일빵,

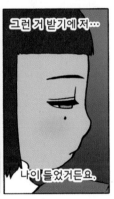
그런 거 받기에 저…

나이 들었거든요.

물론 여기서 이렇게 시들어버리기엔

아직 젊습니다.

그래서…

이제 그만 떠나려고요.

······

ZZZ···

아··· 가서
뭐라고 위로해야
할까요?

지금은 정신적인
충격이 클 테니 우선
쉬게 하지요.

하필이면
생일날···

보자, 우선
희망 배송일이
제일 급한 건

벧엘 자매의 집,
원장님 앞···

쪽지는
나오미 수녀···

근데 지금
너무 이른 시간
아니야?

새벽 3시부터
하루를 시작하시는
분들이니까요.

!

택시!

……

실버퀵입니다.

나오미 수녀 좀
불러주세요.

똑
똑
똑

끼
익

!

으어어…

아, 만드라고라네요.

......

어? 이 얼굴은 아까…

I-RAIL

네, 손님.
어디로…

어디로 가지…?

……

이게 내가 가진
돈의 전부…

저…
이 돈으로 갈 수 있는
가장 먼 곳으로
부탁해요.

그러니까…

행성 위노바 동식물의 특성 중 하나인데요.

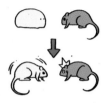

모태종 이라고…

외부 환경이나 다른 대상의 형태를 모방하는

독특한 생존 전략이죠. 만드라고라의 경우, 지능과 감정을 가지고

자신과 교감하는 상대의 형태를 기억하는 특징이 있는데

위노바, 고엘 정교회의 특산품이랍니다.

지금 그딴 걸 누구 들으라고 설명 중인데?

네?

건물이 무너지질 않나, 간발의 차로 수령인이 사라져버리질 않나…

이번 출항이 처음부터 꼬이는 건 다 제트 놈이 떠넘긴 물류 때문이야.

하여간 그 자식이랑 엮이면 늘 이 모양이라니까.

아, 돌겠네. 네게브 의사당에 깔려서 4일이나 까먹었는데

이젠 사람 찾기로 또 며칠을 날리라고? 이러다간 계약 연장…

안 돼! 일단 이곳을 뜬다. 여기 에반 행성 경찰국에서 개인 위치 추적 허가가 나올 때까지

다른 물류부터 처리하고 있어야겠어.

젠장! 한 군데 빼고 모든 시스템을 해킹할 수 있다며?

그거야 합법적인 경로가 없는 극한 상황…

… 이라는 실버쿽의 사칙…

닥쳐!

〈위노바〉
생일

생일
축하합니다.

나오미 수녀님!

네?

생일빵!

〈위노바〉
사제들

틱

정말…

이곳을
떠나시게요?

여기 위노바에서
만드라고라 마스터로
살아가셔도 좋을 텐데…

저를 필요로 하는
보다 의미 있는 일을
해보려고요.

……

아, 제 말의
의미는…

잘 알아요,
수녀님.

천주님의 가호가
함께하시길!

에반 행성,
벤엘 자매의 집으로 매년
수확물을 보내드릴게요.

약속드리지요.

〈에반〉
원장수녀님

틱

3년 안에 제 얼굴을
수확물에서 보시게
될 겁니다.

원장님! 위노바에서
얼굴 뵌 적 있어요.

찰칵

〈에반〉
서약식

그랬나요?
반가워요,
나오미 자매.

……

틱

이곳
벤엘 자매의 집에서

사랑과 평화의
메신저로
살아갈 것을

우주의 창조주
천주님의 이름으로
서약합니다.

고엘!

17

……

배고파. 비스킷이 좀 남았으려나?

탁

후다닥

아…

……

소리가 목을 넘지 못한다.

지금 이 상황에 과거의 기억들이

무슨 의미가 있나 싶어서일까?

행성 에반···
5년이나 이곳에
있었지만

밖은 처음이다.
낯설다.

당장은···

너무 배고파.

!

여기··· 청소로
대신하면
안 될까요?

혹시나 해서 화장실
거울을 봤지만
얼굴에 별다른 이상은
없었다.

어차피 유행은
따라갈 수도 없지만
그렇다고 내 복장이
그렇게 주목받을
상태도 아닌데···

기차역에서부터 줄곧
달라붙는 시선들,

단순한 나의 착각···

… 아니다!

도…도대체…

끼익

그래, 어디라고?

이쪽으로…

아…

나… 나오미 수녀님?

나오미 수녀님 맞으시죠?

도대체…

tips:
모태종
브엘라해로이
이미테이트로스

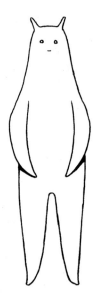

다음은…

보다 아름다운 대상을
모방한다는 모태종,
브엘라해로이
이미테이트로스.

신기하죠?
위노바 행성
생물들은?

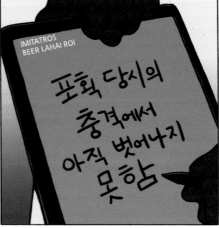

시청.

들어가시죠.

여기 에벤에셀은 에반 행성의 실버타운 중 하나랍니다.

도시내 노인 비율이 절반을 넘어요.

그래서 이곳의 가장 큰 이슈는 바로 건강이지요.

아…

이곳 사람들은 행성 위노바 특산품, 만드라고라의 경이로운 약효를 대부분 경험해보았답니다.

많은 사람들이 수녀님을 알아보는

이유가 바로 그…

삐빅

아, 잠시…

그래, 좀 알아봤나?

네, 시장님. 벨엘 자매의 집이라는 곳에 계시다가 말없이 나오셨다는데요.

정황으로 볼 때, 그곳 생활이 더 이상 견디기 힘드셔서…

오케이! 좋아, 아주 좋아!

그곳에서 무슨 일이 있었는지 좀 더 자세히 알아내!

만드라고라 마스터를
이렇게 직접 뵙게 돼
정말 영광입니다.

아, 그리고 그건
에벤에셀을 방문해주신
특별 귀빈들께 드리는
VIP카드인데요.

이 도시에 머무는 동안
월 2천만 원 한도 내에서
모든 생활비용을 그 카드로
계산하시면 됩니다.

저희 시청에서
책임지는 거니까 편하게
사용하십시오.

왜… 제게
이런 대접을…

받으셔야죠.
우리 도시민들의 건강이
모두 수녀님 덕분이니

당연히 받으셔야죠.

메시지 잘 전달하고…
귀빈관의 모든 서비스를
총동원해!

특히
수녀님을 빼앗기지 않도록
다른 실버타운 관계자들의
접근을 막아!

으 헤 헤 헤 헤 …

아니 일이 어떻게 이렇게 풀리는 거지? 그렇게 애타게 찾던 호박이 저절로 굴러들어오다니…

시장님의 지성이 감천인 거죠.

저 수녀를 이용해 이곳에서 만드라고라를 대량생산 한다.

의료보험 혜택과 함께 현재 판매가의 10분의 1 수준으로 도시민들에게 공급하고

우리 시의 새로운 수익 모델로 만든다.

혜택을 받은 시민들의 절대적 지지로 다음 선거에서도 승리!

2선 시장이 된 나는 드디어 중앙 정계로 진출…

으헤헤헤헤…

더불어 보좌관의 수고를 잊지 않으신다.

이곳에서요?

오늘 시장님께서 말씀을 많이 아끼셨는데요.

취임 때부터 내건 복지 공약 중 하나였답니다.

모든 만드라고라가 약효가 있는 건 아니라는 걸 아시게 된 이후

나오미 수녀님을 뵈려고 정말 많은 시도를 하셨어요.

다른 실버타운도 사정은 마찬가지일 겁니다.

고엘 정교회 측에서는 저희와 접촉하는 걸 많이 꺼리더군요.

제안을 받아주신다면 원하시는 조건들을 최대한 맞추도록 할 겁니다.

부담 드릴 의도는 전혀 없고요. 요청을 거절하신다고 해도

답변은 이곳에 머무르시면서 1년 안에만 주시면 됩니다.

함께해주시는 이 시간들이 저희에겐 영광일 뿐입니다. 그럼, 편히…

방금 마음속으로

아주 잠깐…

만세라고 외쳤다.

……

29

고객님, 이제 계산만 해주시면 구멍 난 신발은 서비스로 고쳐 드릴게요

띠
딕

네, 감사합니다.

숙소로 돌아온 후 갑자기 눈물이 난다.

무엇 때문인지 모르겠다.

종얼

종얼

이틀이 지나자

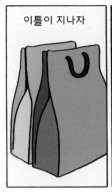

조금 진정이 되는 듯하더니

사흘이 지나고

나흘이 되자,

감사합니다.

어느새 나는···

무언가에 익숙해져 가고 있다.

네, 여기다 사인하시고…

바쁘다, 바빠!

주인님! 방금 에반 행성 경찰국에서

개인 위치 추적 허가가 나왔대요.

5일 준다! 내 경고 무시하면…

오늘이 5일째…

내가 지금 여기서 뭘 하고 있는 거야?

!

이건…

도대체 누구지?

만드라고라
마스터가?

네, 지금 시청 귀빈관에
머물고 있다고 합니다.

아직
구체적인 계약이
이루어진 것 같진
않습니다만…

안 돼! 그렇게 되면
다음 시장 선거에서
우린 완패야!

이 여우 같은 영감,
그저 허풍이려니
했더니…

그 나오미라는 수녀,
당장 이리 데려와!

잘 적응해
나간다고?

좋아, 아주…

삐빗

오, 그래!
좀 알아봤나?

네, 그 벧엘
자매의 집이란
곳이 토지소유권
문제로…

뭐? 오늘
철거된다고?

으헤헤헤…
그래, 수고했어!

이건 뭐…
나오미 수녀를
우리에게 주시려는
천주님의
뜻이었구만!

윤 비서!

네, 시장님!

오늘부터
바짝 달라붙어!
어서 그 친구 입에서
답변이 튀어나오게
만들란 말이야!

시티 투어요?

귀빈들께
에벤에셀의 역사와
명소를 알려드리는
절차가 있어서…

다음으로
미룰까요?

중얼 중얼

······

난 이미
떠나 온 사람…

그곳 일은 이제
더 이상 나와는
관계없는 거야.

그래, 내 인생은
지금 여기에 있어.

아뇨,
갈게요.

문제는 경호원, 고든 저 자식…

보좌관 음성으로 떼어내보죠.

그게 먹힐까?

아, 고든 군! 시장님의 긴급 호출…

글쎄…

뭔가 이상하다고 느낄 것 같은…

어?

먹혔다! 오케이!

아, 이분이 만드라고라의 바로 그…

잠시만요, 이거… 별것 아닙니다만 받아주십시오.

수녀님 덕분에 저희 부부가 건강하게…

인기 많으시네요. 이곳 상인분들한테 받은 선물이 벌써…

이렇게 짐이
많아질 줄 알았더라면
고든 군을…

!

어? 그러고 보니
뭔가 좀 이상…

안녕하세요.

나오미
수녀님이시죠?

아뿔싸…

무…
무슨 일이죠?

그쪽은 빠져요.

우린 수녀님께
용무가 있는 거니까.

겨… 경찰을
부르겠어요!

네, 여기
대령했습니다.

뒤로 전력 질주 해서
광장으로 나가세요.

사람들에게
도움을 요청하시면…

지금요!

퍽

후다닥

거참! 분위기 이상하게 만드네.

그 친구 지금 당장 시청 입구에 던져놓고 와.

타닥

타다닥

스윽

!

오해 마세요, 수녀님. 저희는 악당이 아닙니다.

에이… 뭘! 충분히 악당 같은데?

웅우

37

이… 이런 젠장!
모두 튀어!

투우

짜식들…

빠악

아, 씨!
머리 때리지
말라니까!

어서 가방
돌려드려!

벧엘 자매의 집,
나오미 수녀님…

일기장 보고
알게 됐어요.

헤헤…
죄송합니다.

보다…

보다 편안하고
안락한 삶이
있으니…

더 늦기 전에…

더 늦기 전에…

어서 도망치렴.

투
둑

툭

그 말씀의 숨은 뜻을…

이제야…

이제야 알겠습니다.

고객님, 이거 택시 아니거든요.

그럼, 이만!

타세요! 어차피 출입국 관리소 방향이니까.

야! 야!

수녀님!

꿈도 꾸지 마!

괜찮아요?

펑

털썩

수… 수녀님들, 염려 마세요. 이곳은 저희가 지킬 테니…

팍

크으윽!

제… 제발 그만두세요!

아… 아닙니다. 그동안 다치고 병든 저희를 돌봐주셨으니…

뭐? 지금 그게 무슨 소리야?

나오미 그 친구가 왜 다시 그곳으로 가?

......

안 돼! 안 돼! 내 정치 인생이 이제 막 날개를 펴려고 하는데…

그래, 그 벧엘 자매의 집인가 하는 거기!

몽땅 사서 당장 나오미 수녀 앞으로 기증해!

포석을 깔란 말이야! 양심이 있다면 우리 제안을 도저히 거절할 수 없게끔!

흥! 그렇게 순진한 얼굴을 하고선 날 간 보겠다?

탕

좋아! 내가 얼마나 집요한 남자인지 본때를 보여주지!

1년 후…

마리아!

네!

마리아 수녀!

네! 갑니다!

수녀님!

네, 가요!

굼벵이도 당신 보다는 낫겠어!

네… 넷!

48

마침.

A.E.

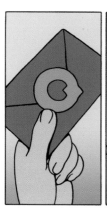

나오미 수녀님, 자신만의 만드라고라를 꽃피우는 비결이 뭔가요?

그동안 할 만큼 한 것 같은데 도통…

……

나오미 수녀!

빨리 안 오면 그냥 바지에 싸버린다!

싸기만 해요. 바지를 입에다 물릴 테니까!

푸ㅋ억… 카ㅎㅎ… 칵… 칵…가르ㄹ…

뱉고 나서 웃어요. 듣는 사람 숨넘어가요.

무… 무거워! 밥공기를 반으로 줄일 거야!

으ㅎㅎ…

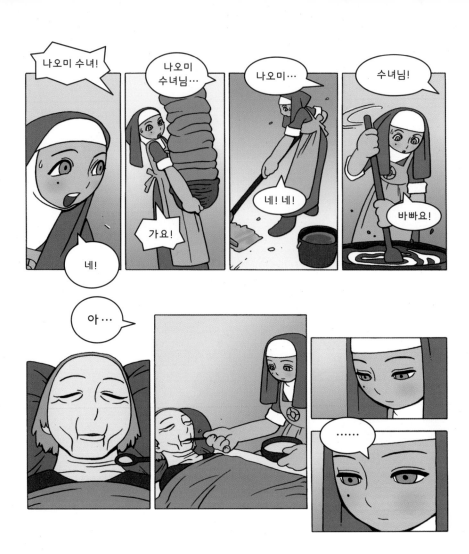

생명이라는 건…
천주님께서 이 우주 곳곳에
보편적으로 일어나게 만드신

가장 즐거운
에너지 흐름이잖아요.

만드라고라의 반응은 바로
거기에서 시작되는 것 같아요.

즐거움!

중얼

중얼

!

누군가는
이곳에 남아
후배들에게
얘기해줘야죠.

어서
도망치라고…

원장님이 제게
그러셨던 것처럼요.

53

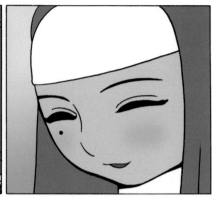

아…

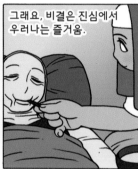

그래요, 비결은 진심에서 우러나는 즐거움.

그때 전 거기서 정말 즐거웠어요.

지금 여기…

바로 이곳에서처럼요.

A.E.

chapter .10

사보이 가알

오케이! 이걸로 하지!

네, 1주일 안으로 받으실 수 있도록 조치하겠습니다.

드디어…

이제 넌 내 여자인 거야.

저, 계약금은…

현찰!

아, 역시 젊은 사장님이 대단하시네요.

사장님 존함이…

가알!

칼번의 쿨가이, 가알!

세무회계

미쳤어?

세금 추징 피하려고 남은 등골 빠지는데 이 마당에 그런 차를 사버리면…

그런 차라니… 내 일생의 로망이었던 거 너도 잘 알잖아?

이 자식이 돈 좀 쥐더니… 마! 그 돈이면 네 동생 한나 수술비…

야!

뒈질래? 여기서 갑자기 걔 얘기가 왜 나와?

뭐? 내가 틀린 말 했어?

그 착한 애…

제 여동생 위해서 양팔 내준 놈 있으면 나와보라 그래!

삼류 시민으로 태어나 피차 땡전 한 푼 받은 것 없으니까 각자 알아서 사는 거야.

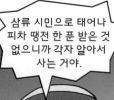

도련님은 빨리 내 장부나 가져와!

퍽

몸 바쳐서 목숨 구해줬으면 오빠 노릇 충분히 한 거거든!

부모 잘 만난 놈은 그냥 닥치고 있어. 알지도 못하는 게…

인정머리 하곤…

(기부내역)
칼번청소년복지관 20,0
꿈과희망 재단 60,000
루푸스를 이기는 사람들
노인복지협회 8,000,00
푸루미공부방 9,000,00
1318해피원 20,000,00
상록수복지관 20,000,0
애원자립생활관 30,000,0
카빈아토처

너 설마 정말 여기다 내 돈 넣은 건 아니지?

너한테 죽고 싶지 않거든!

기부금은 세금 면제니까 여기 단체들한테 기부 약속 해놨다가 빼돌리는 식으로…

다들 이렇게 변칙적으로 세금을 떨궈내고 있어.

그나저나 너 작년에 군수업체랑 맺은 계약 건 이번에 제대로 터졌더라!

후와아… 이게 대체 얼마야?

모두 이 맛에 목숨 걸고 큉을 쫓는 거지.

넌 자식아, 친구 덕에 복 터진 줄 알아. 수수료 10%면…

네, 쿨가이님. 감사합니다.

간다.

이 돈이면 한나 수술비…

한나!

청소년 복지시설 화 정

한나!

내 체육복!

내 실내화는 빨아놨어?

으응, 여기…

굼벵이처럼… 뭐야? 미리 내 가방에 챙겨놨어야지?

야! 장갑 끼고 만지랬잖아. 더럽게…

미… 미안! 설거지가 좀 많아서…

원장님, 학교 다녀올게요.

그래, 잘 다녀와.

착한 우리 한나, 아이들 하교하기 전에 방청소 잊지 말고…

네, 원장님.

재잘 재잘

맙소사…

멍든 것 좀 봐!

65

나쁜 놈들! 할 짓이 없어서 인신매매를…

우리 아담 님들께 걸렸으니 너희는 이제 끝장이야!

돈?

퍽

타 다 딱

하아 하아

예, 형님…

지난번 사냥 건, 저희 몫을 아직 결제 안 해주셨…

아, 맞아. 아직 그것들한테 돈 못 받았어.

저…

거기 담당은 벌써 지불했다고…

뭐? 이 자식들이 지금 누구 말을 듣는 거야?

내가 너희 돈 떼먹기라도 할까 봐 그래?

아… 아뇨. 그런 게 아니라…

기다려! 내가 너희 때는 6개월은 기본이었어.

그리고 이 자식들아! 어깨 좀 펴고 다녀!

폼 나게 살 놈들이 당장 몇 푼 없다고 움츠러들긴…

좋아, 오늘 내가 한잔 산다!

……

!

어때, 미라이?
그거 맞지?

잠시만! 지금
스승님 답변을
기다리고 있어.

응,
미라이!

네, 아론
선생님!

맞아, 쿵의 전사체!
이거 낯이 익은데…

그래, 이렇게
다시 보는군.

죄송해요, 선생님.
잠시만요…

가알 군!

네?

전사체요?
아, 그…

응, 설명하자면…

히익!

혀… 형님, 지금
그거 듣고 있을 상황
아니고요.

젠장! 언제
여기까지…

내 사보이 경력에
저런 건 처음이라고요.

그래서요?

저거 어떻게
처리한대요?

69

크크크…

이래서 내가 미라이하고만 거래한다니까.

녀석이 파는 물건들은 하나같이 유용하다고!

…쪼리 쪼리 키야레~

뜰뤠 뜰 리아레~

짜뚜세 짜뚜 키야 키야레~

아담들이 올 때가 됐는데…

그러게. 많이 늦으시네…

데구르르

툿

어?

좌악

우왓!

천권

텅

푸흐흐…

마루타한테 바로 잡히는 걸 보니…

자기도 도련님으로 곱게 자랐나 봐.

사… 살려 주세요!

에효! 이게 무슨 봉변이야…

선배랍시고 꼰대 행세 하니까 이런 꼴 당하지. 이 양반아!

네 목숨 구해줬으니 너희 사냥감 모두 내가 갖는다.

아, 형님. 서운하게… 제 몫은 좀…

알았어, 그럼. 네가 저거 가져.

아… 안 돼요! 달콤한 제 몸을 함부로 거래하지 말아주세요!

그나저나 이거 묘한 인연이구만.

네?

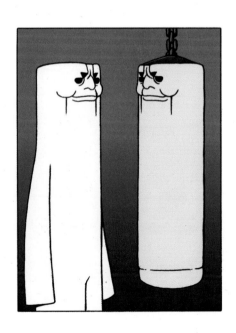

그 가래떡들은 널 구하려다 뜻밖의 화력 앞에서 우리와 함께 사라진 거야.

넌 그 틈을 타 무사히 도망친 거고…

알았어? 너희 회사에 그렇게 전하란 말이야!

그리고 그 꼬마… 눈치 못 채게 구슬려서 이곳으로 유인해.

둘 중 하나만 실패해도 당장 노예 시장에 팔아버린다.

제발 그러지 마세요.

뭐야, 반장…

문제가 있었다면서?

참, 덴마 군! 여기…

안녕, 셀!

응, 아담 덕분에 잘 해결됐어.

……

……

… 렇기 때문에 덴마 군이 지금 당장 이곳으로 와줘야겠어.

아, 이거 통신 상태가 고르지 못해서 말이 좀 끊기는…

……

……

… 것 같네. 아하하… 하여간 알겠지? 기다릴게. 어서 와줘!

아요! 이 잔머리…

우리 작전을 놈들이 눈치채게 해선 안 돼!

알았어. 당장 칼번으로 갈게.

성공!

맞아! 놈은 날 쫓던 펜타곤 중 하나야.

이렇게 다시 마주치게 될 줄이야.

이번 일에 연관된 사보이들은 모두 흔적이 남지 않도록 깨끗이 치워야 돼.

그렇지 않으면 앞으로 여기저기서 귀찮은 일들이…

아니, 이 빌어먹을 강아지야. 그렇게 말하지 않아도.

내겐 놈을 없애야 하는 이유가 있어.

자칭 드림팀이라는 5인조 사보이, 펜타곤…

놈들은 나를 잡지 못하자 가이린을 납치해 엘에게 팔아넘겨버렸다.

그러니 가만둘 수가 없어. 반드시…

반드시 죽음으로 대가를 치르게 하겠어.

좋아, 제안을 받아들일게. 에드레이 군 구출 작전 지휘 및 통제권을 모두 덴마 군에게 넘기겠어.

......

대신 반장이 다치거나 죽는 일은 절대 일어나선 안 돼! 명심해!

네, 네!

그래, 놈부터 치우고 나면 나머지 넷도 곧 딸려 올 것이다.

한 놈씩... 끝장낸다.

주인님! 칼번행 워프홀 진입합니다.

오케이!

저... 정말이에요. 저희 회사에 쿵은 저와 덴마 군, 그렇게 단둘뿐이랍니다.

단 두 명의 쿵 직원을 위해 전사체까지 동원한다? 말이 안 돼!

전사체의 속성상 보호보다는 통제 용도로 쓰일 확률이 높아.

얘들아, 이 자식 좀 두들겨 패. 몇 놈 더 불 거야.

!

퍽 퍽

아악! 세... 세 명이요.

내가 지금... 뭘 하고 있는 거지?

퍽 퍽

아니, 다섯 명쯤...

전사체까지 이용하는 놈들의 통신 장비라면 이미 이쪽 상황을...

퍽 퍽 퍽

사... 사실은 아홉 명 정도...

그 꼬맹이 하나만 이곳에 보낸다는 보장이 없어.

만일 쿵 몇 놈이 구출 작전을 짜서 여기 온다면…

… 아뿔사!

그래, 몇 놈이나 더 있대?

2천5백 명요!

……

야, 너희들 대체 몇 대나 때린 거야?

됐어. 그건 그만 손대고 지금 당장 장소를 도심지 한가운데로 옮긴다.

그리고 보일 패거리에게 전화해. 사냥감 문제로 내가 좀 보잔다고!

형님, 갑자기 무슨…

생각이 짧았어. 아무래도 이번 판… 좀 크지 싶다.

지구 관리 사제들을
모두 소환할까요?

아, 그럴 상황은
아닙니다.

괜찮겠어요?
우려하시던 일이
일어난 것
같은데…

뭐…
그렇죠.

쿵 잡는 사보이가
전사체를 노릴 이유 같은 건
없을 테니까 그 점을
감안하면…

별 탈 없이 조용히
끝낼 수 있는
일일 것 같아요.

그럼 제 임무는
저 무기를 입수하고
제작자를 데려오는
건가요?

네, 덴마 군을 도와
반장 에드레이를 구출하는
것도 포함해서요.

이런 일로 번거롭게
해드려 죄송합니다.

별말씀을…
아, 그러고 보니
전부터 저희 사제들
사이에서 에드레이 군에
대해 궁금한 게
있었는데…

에드레이 군,
정말 손뼉으로 바퀴벌레
잡는 타격 정도가 그 친구의
최대 능력치인가요?

짝

그럼요!
정말 기이하고
경이롭다니까요.

짝

……

왜요? 무슨
문제라도…?

아, 아닙니다.
그럼, 이만…

참! 이번 일에
도움이 될 만한 친구
하나를 추천해드릴게요.
데려가세요.

꼬마야!

제 이름은
아셀…

… 말 끊지 말고.

꼬마야, 아저씨가
말이야.

사람 엉겨붙는 거
정말 싫어하거든.

교육 시간? 그래!
옆에 앉을 수 있지.

쉬는 시간? 뭐…
담배 연기를 참는 건
네 몫이니까 그것도
뭐라 안 하겠어.

하지만 화장실,
그것도 바로 옆…

그건 좀 아니야.
넌 넘어서는 안 될
선을 넘은 거야.

이곳에 납치 감금된 이후 아저씨가 신경이 몹시 날카롭거든.

앞으로는 네가 내 곁에 있지 않길 원해. 진심이야!

네게 악의가 없다는 건 잘 알아. 하지만 이젠 됐어, 여기까지! 응?

지금처럼 동의 없이 맞은편에 앉는 일, 오늘이 마지막이야!

죄송해요…

아냐! 아냐! 우는 거 적절치 않아.

아셀 군?

네?

낯선 곳에서 너무 무섭고 외로워서…

이봐! 이봐!

아… 안녕, 실버퀵 관리 직원 이델이라고 해.

이때다!

갑작스럽겠지만 아셀 군이 나와 함께 다녀올 곳이 있어.

!

후 다 닥

야와 님께서 널 추천하셔서 말이야.

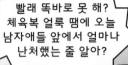
야, 이 계집애야!

빨래 똑바로 못 해? 체육복 얼룩 땜에 오늘 남자애들 앞에서 얼마나 난처했는 줄 알아?

너 나한테 앙심 품고 일부러 그런 거지? 말해! 어서!

우우웅

덴마 군이죠? 안녕하세요!

아... 안녕하세요.

하아아...

셀, 강아지 불러!

... 네!

사보이들이 나한테나 우습지. 저런 꼬마들한테...

말 조심해! 꼬마라니! 그리고 덴마 군, 요즘 너무 기어올라!

지금 뭐 하자는 건데? 저것들 뭐야?

내가 제트 놈이랑 수비수 하나 보내달랬잖아!

혼 한번 내줄까? 나름 고심한 조합이거든! 지휘나 똑바로 해, 꼬맹아!

84

기… 기절했어요!

저… 저는…
에브라임…

뭐? 안 들려!
크게!

오케이, 화이트는
허세가 특기고…
레드, 넌?

제트 연결해줘!

네?

왜?

찾았다!

뭐?

단둘이 보자고? 귀찮아. 그냥 얘기해.

퍽이나! 씨알이 먹혀야 전화로 하지.

애들 눈 때문에 맘 놓고 얘기 못 하니까 당장 기어나와!

절반?

그러니까… 테우 패거리한테 절반 상납하고, 나머지 가지고 나누자?

지금 선배들이 하나같이 널 벼르고 있거든.

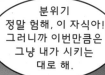

분위기 정말 험해, 이 자식아! 그러니까 이번만큼은 그냥 내가 시키는 대로 해.

이 바닥에서 혼자 다 처먹기엔 우린 아직 이르다고!

또 그 헛소리! 대체 누가 만든 룰인데? 제 능력껏 먹는 거야!

하여간 무능한 꼰대들한테 쫄아서 놀아나는 꼴하고는… 등신!

이 행성에 머무는 한, 통과의례 무시하면 끝장이야!

넌 지금 너무 모난 돌이라고!

간다.

앉아!

언제 뒈질지 모르는데 뭘 나눠? 내가 선배란 놈들한테 얻은 교훈은 하나야!

컹보다 먼저 같은 사보이를 조심하라는 것!

턱

한나…

한나야!

한나야!

괙직

우와아앗!

그래, 정말 크게 터질 기술이야. 펜타곤 형제들과 그 개고생했던 이유도 그 때문이었잖아.

지금까지 내가 번 돈과는 비교도 안 될 엄청난 아이템…!

하지만 내 인력만으로는 역시 무리야! 그 꼬마 혼자 이곳에 올 리가 없어.

제기랄! 펜타곤 멤버십이 깨지지만 않았어도…

……

……

두부 한 모
주세요.

네, 어서…
아, 미라이 님!

여어,
두부 아가씨!

안녕하세요.

아, 저…
이번 두부는…

걱정 마세요. 늘
아저씨와는 관계
없으니까요.

아, 하하하…

많이 파세요.

네, 그럼
또…

자네 왜 매번
저 처녀한테 그렇게
긴장하는 거야?

그럴 수밖에…

저 친구는
예지몽을 꾼다는
데바림 종족
이거든.

그들은
자신과 안면이 있는
누군가의 죽음을
알게 되면

제를 올리며
두부를 먹는
관습이 있지.

그러다 보니
자연히 두부를
찾을 때마다
혹시나 해서…

91

뭐야? 거의 매주 두부를 사 가잖아. 그럼 주변에서 그렇게 자주…?

겉보기엔 가녀린 공예 예술가지만 실상은 개인 화기 제작자라더군.

사보이들과 쿵들에게서 무기 제작을 의뢰받고 있대.

뭐? 그럼 살인 도구를 만들어주면서 본인은 가운데서 돈만 챙기고 있다는 거야?

하! 사람은 겉만 보고는 알 수 없다니까. 정말 죽음의 천사가 따로 없구만.

쯧쯔쯔… 그나저나 이번엔 또 몇이나 죽어나가려나?

지옥에서 한잔해야지!

뼛가루 안 섞이게 차례대로 소각로에 넣어!

네, 형님!

저, 테우 형님!

얘기 들었다. 장소랑 우리 애들까지 빌리겠다고…

사냥 아이템이 돈 좀 되겠던데?

네…

그런데 말이야…

그 녀석, 애들 빌리는 건 그렇다 치고 왜 여기까지 빌리겠다는 거지?

쓱

쓱

쓱

고양이가 쥐를 계속 궁지로 몰다 보면 말이야.

그야… 사냥감 포획하는 데 이만한 공간도 없지 않습니까?

그 쥐새끼가 이판사판이랍시고 고양이를 무는 경우가 있지.

너…

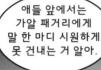

애들 앞에서는 가알 패거리에게 말 한 마디 시원하게 못 건내는 거 알아.

네가 그 친구를 얼마나 생각하는지도…

물론 그런 배려가 내가 널 믿는 이유이기도 해.

그래서 말인데 네 친구에게 분명히 전하렴.

사냥 중에 우리 애들을 방패로 삼거나, 일을 빌미로 쓸데없는 계획 같은 건 세우지 말라고 말이야.

93

모두 개인 화기 점검하고…

테우 형님이 너 주시하고 계신다.

건물 입구와 승강기에 마루타 설치는 끝났지?

야! 도심 게이트 알바생한테선 아직 연락 없어?

네, 아직…

게이트를 통한 일반적인 도시 진입, 이제 사보이들 손바닥 위에 놓여진 셈이다.

하지만 놈들에게 이쪽 구성 인원이 간파되는 건 크게 문제 될 게 없다.

표현하진 않았지만 강아지가 보낸 이델이라는 저 친구, 기대 이상이다.

이번 일은 우리 셋으로 충분해!

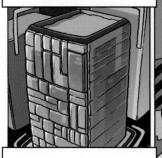

녀석들이 변경한 약속 장소는 해킹 결과, 칼번 사보이들의 아지트 중 하나!

건물은 일반 화기 공격에 대비한 전형적인 자기 방탄 구조다.

여기는 12번 게이트, 방금 G 필터에 잡히는 세 사람이 통과했다. 전송 자료, 확인 바람.

오케이!

역시 예상대로…

여기는 가알!

ㅊ ㅊ ㅊ

추가 인원 가능성, 다른 출입구에서도 주의 경계 바람…

응?

어? 이… 이건…

여기로구만! 겉은 일반 오피스텔 같지만

안에는 무장한 사보이들이 득실거릴 터!

좋아! 정면으로 돌파해주지!

정문으로 같이 들어간다!

저기 덴마 군, 그랬다간…

96

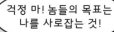

걱정 마! 놈들의 목표는 나를 사로잡는 것!

그러니 난 절대 다치거나 죽지 않아!

그럼 우린…?

헤헤…

뭐… 뭐죠? 그 반응은?

가알 형님! 무장은 왜 갑자기…

당장 전자식 화기 벗고 어서 기계식으로…

!

잠깐!

여기 있는 놈들 중에 에브라임 쾡을 경험한 사람은 나 하나…

게다가 어차피 이 미라이의 작품은 전자기 펄스와는 관계없어.

그래, 이건 하늘이 준 기회…

미룰 것 없다!

!

서… 설마…

EMERGENCY

철컥

철컥

뭐야? 왜 이것까지 안 움직여?

EMP라도 터진 거야? 그럴 리가 없는데…

놈들 중에 에브라임 쿵이 있어요.

에브라임… 아실려나?

너 뭐야? 네가 지금 여기에 왜 있는 건데?

찹

뭐 언제 칼번 밖을 돌아다녀봤어야 알지?

하긴 후배들 등치고 등골 빼먹느라 워낙 바쁘셔서…

다… 당장 여기서 나가지 못해?

어서 나가서 쿵 사냥…

아뇨!

쿵보다 먼저 잡아야 할 게 있더라고요!

슝 슝 슝

젠장!
언제까지…

셀! 아직
못 찾았어?

아,
금속 반응…

양팔이
부스터건이라고
하셨죠?

여기 밀실
에서 싸우고
있는…

네가
미쳤구나!

부모 원수는 잊어도
제 돈 떼먹은 놈은
못 잊는 법이지.

미친 건 후배
몫에 손대는 당신
쪽이야.

이 사실이
알려지면 사보이
형제들이 널 가만
둘 것 같아?

별걱정을…
이런 하극상을 누가
상상이나 하겠어?
사냥 중에 죽는 거야
일상다반사!

형님이 자랑하는
소각로, 내가
잘 쓸게!

팔 거둬!

척

!

이 곰탱이가
잘도 소리없이…

오! 이거 상황이
심상치 않은데…

이델한테
반장 찾았으면
당장 오라고 해.

104

에드레이 군!

앗! 이…
이델 님!

저를 위해…

네, 사제님!

응, 바로
올라갈게.

처
억

어서!

안 치우면
너도 뒈진다!

!

콰
악

퍼
억

크흑! 제기랄!

투
확

퍽

투
확

퍽

자…

팡

우와아아…

에드레이 군의 무사 귀환을 축하, 축하!

그만! 술은 이제 그만!

아, 우리 이델 님이 왜 이러실까?

성찬식 때 사제들끼리 마시려고 숨겨둔 거 있잖아? 응? 응?

아잉~ 이델니임~

아… 알았어. 딱 한 병만 더!

아, 작작 좀 마셔!

참, 노래방도 부탁해!

말도 안 돼!

왜? 간단해! 전함의 각 부분별 2차원 아카이브를 만든 뒤…

그걸 모아 다시 2차원 아카이브, 이런 식으로 반복하면…

심지어 우리 선배 중 한 사람은 마을 하나를…

잠깐만… 이건가?

팡

아, 이 녀석은 오늘…

넌 잠깐 저리 가 있고…

?

!

스으

툭

투확

어? 이런…

뭐… 뭐야?
갑자기… 여긴
어디지?

총질은
안 돼!

!

팡

좌
악

팡

우왓!

이… 이건
차원 전환 기술…
제기랄!

털 썩

아…함!
어, 그래!

덴마 군, 미안.
너무 졸려! 전함은
다음에…

야! 파장!
그만 자자!

셀!
내 잠자리
봐놔야지!

113

셀! 혹시 이곳 칼번에 미라이 닷슈라는 공예가가 있는지 확인해봐.

……

네, 주인님. 그 이름으로 한 사람 뜨네요.

뭐야? 어째서 이 녀석이 칼번에 있는 거지?

미라이 닷슈,

아론 영감의 천재 수제자…

어쨌든… 가래떡을 칠 수 있어! 실버쿽에서 탈출할 수 있는 거야!

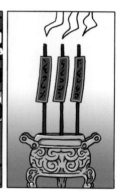

파지직

휴우우…

털컹

이상해… 오늘 벌써
몇 번째야?

!

혹시…

가알 오빠에게
안 좋은 일이라도…?

방재

상황
종료된 거
맞지?

방재

끼익

!

뭐야?
시체가 나뒹굴고
있어야 되는데…

그러게…

형님은?

여전히
연결 안 돼!

쳑

쳑

너희도 가알
그놈이 어디에 있는지
모른다는 거냐?

방재 설비 안에 숨어 있던 가알 똘마니 둘?

그럼 그것들 말고는 남아 있는 게 없단 말이야?

아, 여기… 소각로에서 두루마리를 하나 찾았는데요.

일단 보시죠, 화면 전송할게요.

쿵 놈들이 남긴 경고 같습니다.

펼쳐 보여 드릴게요!

스륵

맙소사! 이건…

그것들 중에 차원 전환 기술을 가진 놈이 있었네요.

제기랄! 우리 칼번에 있는 장비로는 잡을 수도 없는 놈이었잖아!

크흑! 우리 애들이 전부…

가알, 그놈도 거기 있나?

재차 확인했지만… 없었습니다.

이거… 쿵 사냥이 목적이 아니었어.

친구, 쿵보다 미친개부터 잡아야겠네.

이건 우리 애들이 맡도록 하지.

자식이… 칼번 밖에서 펜타곤인가 하는 양아치들과 몇 년 어울리더니

완전히 개망나니가 돼버렸어.

조용히 끝내.

주인 무는 광견 잡는 일이니 다소 시끄러울 거야. 갈게!

!

고생했다.

테우가 보일이 네 걱정 많이 해.

끼어들지 마라.

……

디리리

보일 오빠…

응, 한나야.

일은 무슨…

마! 행여 무슨 일이 생겨도 너희 오누이는 내가 지켜.

그러니까 괜한 걱정 말고 시험 준비나 열심히 해.

그래, 조만간 또 보자.

후우우우…

셀! 제트
연결해.

……

네… 네!

아, 지… 지금은
불통이네요. 냐항…

그래, 네놈이 그렇게
나올 줄 알았다.

실버퀵 소유물이니
당연한 반응이지.

셀, 저자식은 내가
엊저녁에 무얼 봤는지,
그리고 지금 '내가' 뭘
하려는지 알고 있다.

아, 이상하여라.
왜 자꾸 접속이…

해킹했던 미라이에 관한 정보도
결국 강아지에게 넘길 테지?

난 지금 저것들 손바닥 위에 있어.
내 모든 의도가 빤히 다 간파되고 있는 상황…

오늘 여길 떠나면
행성 칼번은 내 근무지에서
빠지게 될 거야.

그러니… 난 이 기회를
절대로 놓칠 수 없어!

척

정면 돌파! 어차피 놈들 손아귀에서
벗어날 수 없다면…

손바닥을 뚫고 간다!

······

펜타곤?
쓸데없는 소리 마!
임무 끝났으면 당장
현장 복귀해!

여기서 확실히 마무리
짓지 않으면 사보이들이
실버퀵에 계속 달라붙게
될 거라니까!

그럼 그때마다
이번처럼
대응하겠다고?

야, 이델! 그거
똑바로 들어봐!

사제님께 함부로
말 놓지 마!

반장을 미끼로
날 잡으려던 이 녀석,
펜타곤이라는 사보이
혈맹의 일원!

이놈을 치면
나머지들이 실버퀵
심장부까지 뚫고
들어올 거라고!

그것들은 보통의
사보이 그룹과는 달라!

놈들 중엔 우리 같은
쿵이 셋이나 있어!

셋?

하! 우리 실버퀵
제7지구는 2천5백 명의
쿵들을 컨트롤하고
있어. 그러니···

쓰
윽

엊저녁에
저 사보이가

이걸로 아담을
치더라.

만일 이런 걸로 무장한 쿵 사보이들이 실버퀵 본부로 침입한다면?

······

너 이 쥐새끼···

지금 무슨 수작이야? 원하는 게 뭔데?

복수!

복수?

펜타곤, 그놈들은 날 잡으려다 내 여자를 노예 시장에 팔아버린 놈들이야!

지금 내가 이 꼴인 것도 결국 그놈들 때문이고···

이건 신이 준 기회!

이…

… 렇게 생긴 녀석들이 가게로 와서 가알 군을 찾더군.

살아 있으면 가장 먼저 들릴 곳이라나?

사냥개들이라 정확히 짚는구만!

가알에게서 연락오거든 내게 먼저 알려줘!

응.

그럼, 수고!

!

가알 군!

하아

하아

지금 어디야? 보일에게 들어 상황은 알고 있어!

자세한 건 나중에…

부스터건! 하게나임 폐차 시설로 아무거나 하나 보내줘!

먹을 거랑 담배도!

알았어!

!

보일이 움직인다! 미행해!

뭐?

펜타곤 멤버십이 깨졌다고?

좌좌

하아

탓

크!

하아

그래, 그럼… 우선 너만 죽어.

슈슉

자… 잠깐만!

나… 난 이렇게 그냥 죽어버리면 안 되는 사람이야!

누구나 그래. 잘 가!

슈웃

크앗! PTG5382!

뭐야, 그게…

내 개인 신상 비밀번호! 제발 한 번만 확인해줘!

······

고아원 출신으로 어쩌고 저쩌고…

별 내용 없는데 뭘 어쩌라고?

은행계좌 입출금 내역!

뭐야…?

〈기부내역〉
필립 청소년복지관 20,000
유니세프 재단 60,000
루투를 이기는 사람들 5,0
노인복지센터 8,000,00
···데미포르망... 0,000
00,000,000
00,000,0

매월 이 큰 액수의 기부금들은…

125

돕고 있는 사람들이 있어. 당장 내 도움이 끊기면

당신들을 잡아 남을 돕는 게 말이 안 된다고 생각하겠지만

이 행성에서 하층민으로 태어나 먹고살 수 있는 방법이 많지 않았어.

고통스러운 성장기 때문에 힘든 이들을 돕게 된 거야.

그 사람들… 생존이 어려워져.

여기서 이렇게 바로 죽어버리면…

더 이상 그들을 도울 수 없게 돼.

3일!

어차피 난 이미 죽은 몸, 내가 없더라도 그 사람들에게 혜택이 가도록 주변 정리를 할 수 있는 시간…

3일 뒤… 다시 이 자리로 돌아와 당신 손에 죽겠어!

귀신 씻나락 까먹는 소리하고 자빠졌네…

… 예쁜 여동생이 하나 있구만.

좋아! 네 동생을 담보로 시간을 주지!

네가 죽은 뒤
네 여동생이 노예 시장에
팔리거나!

하아

하아

씨익

푸흐하하하…

이거 미안해서
어쩌지, 꼬마야?

내 여동생은 팔지 못해.
아니 팔 수가 없어. 왜?

전신 화상을 입었거든!

내 세무사 친구가 오늘처럼
고마울 줄이야…

아니, 내 헛소리를 믿어준
어리숙한 네놈들에게
더 고마워해야겠지?

신상 비밀번호?
개인 신분은 블랙마켓에서
하루면 바꿔.

펜타곤 혈맹이 깨진 건
사실이야. 그게 거짓이라면
네놈들이 지금 그렇게
멀쩡할 리가 없잖아?

물론
차원 전환하는 그놈…

그 자식은 우리가
다 모인더라도
애좀 먹겠더군.

어차피 일이 틀어져
더 이상 칼번에 있을 수도
없는 상황…

4일 후? 그 시간이면 난…

다른 행성에서 일광욕을
즐기고 있을 거야!

타이밍 한번 기가 막히네.

하필이면 반장 구출 때문에

택배선 경비로 보낸 아담에게 그런 일이…

야와 님, 이곳에 5일이나 머무는 상황이 실버퀵 안전에…

이 자식이 비밀 회합 애플까지 언급한 걸 보면 이번 일에 사활을 걸고 있어.

펜타곤을 빌미로 탈출 방법을 손에 넣으려고 할지도 모르지.

물론 절대 일어날 수 없는 일이지만…

셀은 덴마 군을 철저히 감시해!

네!

그나저나 누가 사제님께 그렇게 술을 권한 거야?

정말 내가 없어도 괜찮을까?

퀑으로 구성된 사보이들이라면…

이런 사소한 일에 반장까지 나설 필요가 없지.

에드레이는 우리 실버퀵의 최고 에이스니까!

팍팍 싫어! 5일간 덴마 군을 대신해서 내가…

좋아, 이 정도 물류면…

제군들! 우리 본부에서 봐!

그래, 제발 본부에서 보자.

끼익

뭐야?

짜식! 화장실은…

······

변기를 만들어 쓰나… 왜 이리 오래 걸려?

!

꽝

꽝

없어!

이런 제기랄!

!

아, 이 등신이 그걸 변장이라고…

그걸 왜 네가 가져와?

나 혼자니까 닥치고 당장 기어 나와, 이 멍청아!

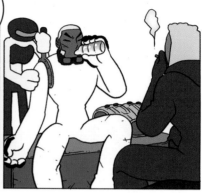

담배!

입에 물기 전에…

퍽

미친놈아! 무슨 짓을 저질렀는지 알아?

크윽!

아, 이 씨…

자!

네가 방해만 안 했어도 조용히 끝날 일이었어!

일을 키운 건 너야!

하아아…

이제 어쩔 거야?

어쩌긴? 뜰 거야!

……

한나는?

한나는 뭐? 지금처럼 여기서 잘 지내면 되지!

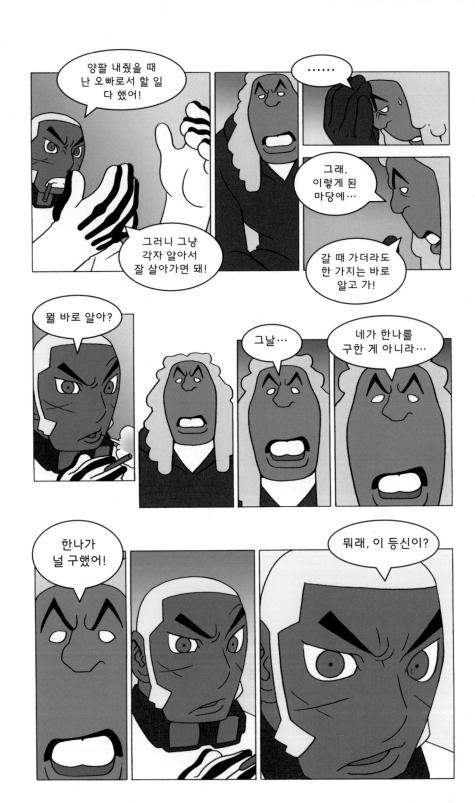

미라이 닷수!

그 사보이를 통해 알아낸 문제의 부스터건 제작자.

야와 님의 부탁이 있었으니 난 이 친구를 찾을게.

!

뭐야, 그 눈은? 선수를 쳤으니 약오르지 않냐고?

오케이! 난 그놈 여동생을 찾아 담보를 확보할 테니까…

수고~

각자 볼일 끝나면 이곳에서 늦지 않게 보자고!

넵, 덴마 형님!

자동 항법 전환!

홍! 실버퀵, 너희들이 모르는 게 한 가지 있어.

개인 정보 주소지로는 아론 영감의 제자들을 찾기 어렵지.

신변 보호를 위해 본인들은 정작 다른 곳에 있거든.

직접 만나려면 현 주소지를 재조합하는 방법을 알아야 해.

이델, 네가 한참을 헤매는 동안

미라이는 내가 먼저 찾아낸다.

사실이야!

그래, 알았어.

근데 이것들은 뭐야? 네가 쓰고 남은 것들 같은데…

뒤적 뒤적

야!

날 도울 거면 확실하게 거들어. 그런 미친 헛소리…

염병! 나보고 이걸 쓰라고?

힐끔

힐끔

······

영감, 내가 마음에 들어? 그만 훔쳐보고 깔끔한 모범시민 만드는 데 집중해!

아, 네… 넷!

일류충 시민으로 뽑아 드릴게요.

후우우…

하긴… 인정할 수가 없겠지.

!

끼익

이… 이런 젠장!

손님, 여기로 오셔서 새 신분증에 친필 서명을…

턱

어디 보자…

키힝

철컥

우왓!

철컥

크앗! 이 영감탱이…

파악

어이, 꼴통!

팅

투확

우리 친구는
하나도
안 변했네.

별 자국
부스터…

테우 형님을
치려고 했다면서?

하여간
부대에 있을
때부터…

네 꼴통 짓은
여전해.

스윽

제기랄!

간만이야, 내 군대 동기!
칼번의 쿨가이, 가알!

지옥 찰거머리, 아지오!

딸랑

딸랑

네, 어서 오세요.

아…

실례합니다.

놓쳤다고?

놈의 위치야 우리 감시망 안에 다 잡히니까…

다음 차편으로 네 아바타가 녀석에게 도착하려면?

최소 두 시간 정도가…

사보이의 여동생을 찾는다는 놈이 그 시간을 벌어서 뭘 하려는 거지?

저, 야와 님!

아, 사제님.

홀로그램 이더라고요?

네, 원칙적으로 고객들과는 직접 만나지 않는다네요.

미라이 씨를 찾는 데는 시간이 좀 더…

아… 하! 그랬구만. 요 깜찍한 생쥐…

덴마 군이 화기 제작자의 실제 거주지를 알아낸 거야!

역시 펜타곤 같은 건 안중에도 없었던 거지.

잘됐어, 셀! 덴마 군의 동선 기록을 그대로 사제님께 전해드려!

138

139

너 방금
뭐랬어?

똘추! 너 말이야,
이 거머리 등신아!

내가 없어지면
이제 네가 칼번
제1부스터가
되겠구나, 응?

야, 이 꼴통아!
너완 관계없이
칼번 최고는
늘 나였어…

아… 그래서
네 여자를 나한테
뺏겼니?

죽거든
내 사물함 좀
열어봐.

네 여자 손모가지
아직 그대로 남아 있으니까.
크크크…

그놈 풀어주고
부스터건으로
무장시켜!

네?
혀… 형님!

깝치지 말고
그냥 죽여.
이 피라미야.

내가 무장하면
너흰 몰살이야.

형님들이 보내온
마지막 메시지야.

널 내 맘대로 하라시더군.
쌓여 있던 울분이 풀릴 때까지
말이야…

그래, 지옥에서
한잔해야지.

응?

누구?

반가워, 염소 공주!

......

다이크?

2년 만에 연락하면서 다소 두서가 없는데… 미라이, 너 지금 위험해!

널 해치려는 날강도들이 지금 내 움직임을 모두 읽고 있어.

나 때문에 네 거처가 노출될 위험이 있으니 잠시 밖에서 보자.

지금 어딘데?

네 작업실 근처 뭔가 불쾌한 조각상 앞이야.

이거 편의점에서 산 행성 내 일회용 폰이니까, 늦지 않게 나와.

떡

우왓! 이 자식들!

키이잉

이 좁은 데서…

투확

투확

141

미라이 놈,
뭘 달아놓은 거야?

뭐… 뭐야?

투
콱

투
콱

투
콱

맙소사!

쉬잇!

말로 하면
내 뒤통수의 이걸 통해,
놈들에게

톡
톡

우리 대화 내용이
전해질 거야.

꿈에서 본
어린이 탈을 쓴 사람이
다이크 너였구나!

그건 나중에
설명하기로 하고
네게 급하게 부탁할
일이 하나 있어!

!

잠깐… 꿈에서
날 보다니? 그게
무슨 뜻이야?

아…

너 설마…
내 꿈 꾼 뒤
두부 먹었냐?

143

후우우… 이제야
한숨 돌리네.

!

근데 너 아까
그게 무슨 말이야?

내 몸에 화상
자국이 없다는 거…

무슨 말은…
네가 한나를 구한게
아니라…

한나가 널
구한 증거라는 거지.

누가 뭐래도
난 똑똑히 기억해!

아니 기억할
수밖에 없어!

그날 그 불…

내가
질렀으니까!

후우우…

주인님!

덴마 주인님!

·····

아…

지…
진정하세요.

여기 다시
올 거라고는
생각도 못 했지?

… 이런 걸로
알렸나?

만들던
내 신분증,
완성해!

퍽

어이, 하루가 지났어. 주변 정리는 잘돼가?

통화 내역을 보니 우려할 만한 내용은 없더군. 잘했어. 그래야지.

동생의 안부가 궁금할 테지?

우리가 담아 온 녹화 영상을 좀 보여줄게.

셀, 열어봐!

한나라는 네 여동생…

화정원이라는 복지 시설에 있더군.

너, 내 말이 말 같지 않아?

내 물건 다룰 때 장갑 끼랬지!

저기, 공기가 통하지 않으면 상처가 바로 덧나서…

퍽

그건 네 사정이지. 네가 방 청소 하고 나면 찜찜해 죽겠단 말야!

퍽

퍽

근데 말이야, 너!

한 가지 우리에게 말하지 않은 게 있더라.

아, 약 냄새! 넌 나가서 먹으라니까!

전신 화상!

그런 건 미리
말했어야지,
이 친구야!

해서 말인데…
약간의 수정 사항이
생겼어!

그 상태로는
노예 시장에서
팔 수가 없잖아!

3일 뒤 반드시
일어나는 일은 둘 중에
하나!

네가 죽거나,

네가 죽은 뒤

네 동생도
같이 죽거나!

덴마 주인님의 동선 중 가장 오래 머물러 있던 곳인데요.

그럼 화기 제작자의 거처 노출을 염려해 이곳으로 불러낸 걸까?

사제님 추측이 맞을 것 같아요.

지출 내역을 보니까 아바타를 떼어놓은 뒤, 행성 내 일회용 폰을 구입했어요.

그런 걸 사려면 일단 기차역에서 내린 이후일 테니…

여기 편의점…

하차에서 다시 승차까지 약 30분간의 체류…

비행선 진입 금지 구역 안에서 그 시간을 이용해 연락하고 만났다면

미라이 씨 거처는 역에서 멀지 않을 거야.

그분, 카드 거래 내역이 없어요.

위치 노출을 최소화하려고 현금을 쓰는 것 같아요.

그럼 카드 사용이 의무화되지 않은 근처 재래시장을 수소문하면…

차나 바이크로 이동했을 경우까지 고려해보면 예상 거주지는 이 범위 안…

오케이! 이 안에 재래시장은 한 군데!

틱

오빠, 괜찮아? 얼굴이…

야, 이 계집애야!

네 걱정이나 하라니깐!

그럼 고객님, 말씀해주신 약속 장소에서

한나 양과 기다리도록 하겠습니다.

!

어디야?

… 택시 안!

어디로 가려고?

그런 걸 너한테 말할 리가 없잖아!

한나가…

제기랄…

한나가 그 콩들에게 납치됐어!

뭐? 언제? 어디로?

엘린 숲 야영지로 데려갈 거야.

크흐윽!

행성 고블행
우주셔틀 294호,
이륙 준비가 끝났으니
탑승객들께서는…

스윽

!

뭐? 부스터건처럼
보인다고?

인상은 70%가
일치하고?

서둘러야겠어.

탑승중이야.
30분 뒤 이륙!

제기랄! 우주
공항으로 무조건
밟아!

애들 전부
공항으로
집결시켜!

젠장! 두통약 맞아?

오빠!

같이 가, 오빠!

!

털
썩

으…
아… 앙…

아잇! 저 바보가
창피하게…

어서
일어나!

오빠…

오빠…

157

파앗

미라이…

파 바 밧

미라이!

자매여…

팟

팟

미라이…

팟

미라이야…

아론 선생님!

죄송해요. 일을 마무리 짓지 못하고…

그간의 데이터들은 오늘 선생님께 보냈습니다.

여기 모든 분들께… 제가 쓰던 장비들을 전부 나눠서 보냈어요.

정성이 깃든 물건들이니까 소중히 다뤄 주세요.

……

바보, 나랑 연애나 실컷 하자니까!

그러게…

판타 레이!

판타 레이!

데바림!

고마워요, 모두…

후회 없이 살아주세요!

딩동
딩동

아, 안녕하세요?

아… 그러니까…

괜찮다면… 차 한잔 마실 시간을 가졌으면 하는데요.

네?

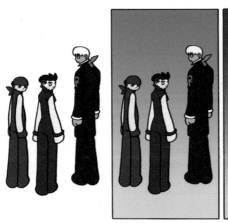

제장! 미라이 자식…
어디로 튄 거야?

왜 연결이 안 돼?

어쩌지? 방법이…
방법이 없나?

!

너 지금 그걸
변장이라고
한 거냐? 군대에서
뭘 배운 거야?

두 팔 얌전히 내리고
차렷 자세로 천천히
일어서!

아지오!

그렇지!
서툰 생각
하지 말고…

네 팔이 조금만
움직여도 대결은 없다.
바로 사살이야!

너 이 자식!

터보 화력이 달린
부스터건이라니…

그건 반칙이지!
이 비겁한 놈아!

하지만 상대를
흔적도 없이 끝장내겠다는
네 생각엔 동의해.

해서 나도 비슷한 걸
달고 왔지!

161

마무리 짓게 천천히 밖으로 걸어 나와!

바닥이 강화합성수지…

부스터건 화력이 약하면 바닥에 충격만 줄 것이고,

강하면 바닥에 작은 구멍만 낼 것이다.

지금 필요한 건 내 주변 바닥이 가라앉을 적당한 충격의 화력…

이 부스터건, 내 뇌파와 싱크로율을 따로 맞추지 못했는데…

그런 디테일한 분사가 가능할까?

뭐 어차피… 이판사판!

투확 투확

아뿔싸!

텅

비켜! 비켜!

빌어먹을!

절반은 지상에 대기! 나머지는 전부 공항 지하철로!

탁

나이스!

기사 양반, 우린 나쁜 사람들 아니야.
잠시 도움이 필요해서 그래.

뛰어내릴 때 다치지
않을 정도로만
천천히 달려줘.

시리얼 넘버…
소유자 번호가 내 것으로
돼 있어.

새로 제작할 시간은
없었을 텐데…

그럼… 날 위해 미리
만들어놨다는 얘기잖아!

뭐야? 나한테
무슨 일이 생길지…

미라이가…

미라이가 꿈에서 날 봤구나!

··· 그게 무슨 뜻이야?

너 설마··· 내 꿈 꾼 뒤 두부 먹었냐?

아···

말해봐! 어서! 어서 말해보라고! 너 내 꿈 꾼 거 맞지?

그런 걸 우리가 말하면 안 되는 건 너도 잘 알잖아!

웃기고 자빠졌네! 지가 먼저 떠벌리고선··· 제기랄! 빨리 말 안 해?

아··· 알았어!

하긴 다이크의 경우는 얘기해줘도 별 상관 없겠다.

여··· 역시··· 죽는 거냐?

어··· 언제?

이제 곧!

꺼억

킥킥킥…

어쩐지…계산 철저한 녀석이
돈 얘길 안 꺼내더라니…

저승길 선물이었군!

오빠!

!

나도 데려…

바보같이…
넘어지긴!

시… 싫어!
오빠들 없으면
원장님이 자꾸 날
만진단 말야!

보육원에
남아 있으라니까
공장엔 왜 자꾸
따라오려고?

턱
쎀

퍽

169

뭐 나쁘지 않구만.
마무리 짓기에
적당한 곳이야.

시신이 발견돼도
어색하지 않겠어.

야, 꼴통!

마지막으로
내게 할 말
있냐?

살려줘.

나만…
나만 죽으면
돼.

그러니까…

나 좀 살려줘라.

아, 일 보고 오는 길에 시장에서…

덴마 형님 드리려고요.

두부…?

설마 이 자식, 미라이를 붙잡은 건 아닐 테지?

그래, 그 화기 제작자는 찾았어?

아… 그게 그러니까…

뭐 쉬운 일이 있겠어요?

그래, 그렇지. 미라이에게 도망치라고 얘기했으니까…

하지만 두부라니… 꽤 근접했던 모양이네.

… 그나저나

젠장! 두부… 기분 나빠!

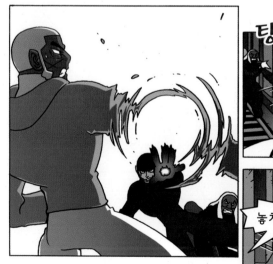

탕 탕

투확

투확

탕 탕탕

놓치지 마!

타 닥

유언치곤 시시한걸!

킥킥킥…

행성 우라노에서…

지금과 같은 상황이 있었지.

여기는 고속철 초가속 구간, 공간의 여유가 거의 없어.

열차가 지나가면 기압차가 생겨 단숨에 빨려 들어가게 돼.

빠아아앙

뭐?

우와아아앗!

슈우웅

퍼버벽

하아

하아

나만… 나만 죽으면 돼. 그러니까…

반드시 살아 돌아간다!

화기 제작자를
찾으셨다고요?

네, 덴마 군 일을
마무리하고
모레 아침까지는
복귀하겠습니다.

네, 수고하셨어요.
사제님.

쳇!

미라이 자식,
대체 그게 무슨
말이야?

주인님,
식사하세요.

꿀꺽

남은 거 있지?
한 병만 꺼내봐.

안 됩니다!
야와 님이 금주령을
내리셨어요.

젠장! 이거
두부김치라고!

······

뭐··· 한 병 정도는
이해해주시겠죠?

그럼! 그럼!

크흐윽…!

어디야?

아지오 패거리한테 다리가 부러졌다. 나 좀 데리러 와!

어디긴! 한나 구하러… 뭐야, 너 안 갔어?

네놈을 믿을 수가 있어야지.

치잇!

오, 형님! 엄청 강렬한 인상!

하아아… 입 닥쳐!

으읏!

젠장! 가알 이 자식…!

!

보일이… 그 자식 어딨는지 위치 추적 가능하지?

네, 형님!

지금 칼번에서 가알 놈이 도움을 청할 수 있는 건 그 녀석뿐이야!

애들 불러 모아!

이번엔 안 놓쳐!

팍

지옥 끝까지 쫓아간다!

183

으웃! 뭐야?

이 사람…
아지오 씨
같은데…

들짐승에게
목이 뜯겼나 봐.

우읍…
징그러!

가알 형님은
어디에…

여기!

보일 선배가…

굿모닝!

한나 양, 새벽에
오빠한테서 급한 연락이
왔는데요.

일정이 밀려 결국
못 오시겠답니다.

아…

······

셀, 아침 식사
끝나는 대로
복지원에 모셔다
드리고 와.

네,
주인님!

죄송한데 가시기 전에… 해주셨던 음식들 레시피 좀 부탁해요.

네…

첩
첩
첩

이거… 고글이랑 어떻게 연결하는 거야?

츠즈
츠즈
츠즈

흠…

아직까지는 별다른 신호가 잡히지 않네요.

뭐야, 이 자식! 약속 시간 다 돼가는데…

설마 제 여동생 목숨을 걸고 장난질 하진 않겠지?

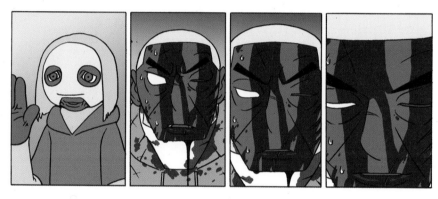

감사합니다…

퍽

언제나…

감사합…

퍽

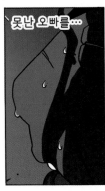

못난 오빠를…

커헉

퍽

걱정해주던…

하아

하아

착한 내 동생…

하아

하아

하아

하아

안녕, 한나야…

하아

하아

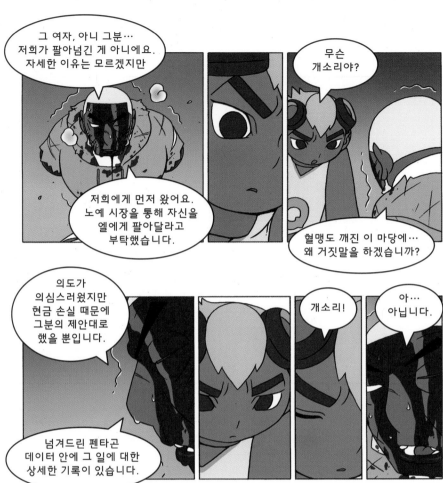

마노아의 밥상… 알지?

우라노에 있었으니 한 번은 들었을 거 아냐?

……

한나 양이라면…

마노아 선생이라도 제자로 받아줄 것 같더군.

좋은 아이야. 네 동생은…

한나 양에게 줄 밥값을 네 목숨으로 대신한다.

불쌍한 쿵들 괴롭히지 말고 다른 일을 찾아!

그리고 우주 역병에라도 걸려 빨리 뒈져버리라고!

……

물…목 말라…

○○○○○○

크크큭…
뭐? 목이 말라?

형님!

!

가알 형님!

보일이가 이곳
야영지를 얘기해
줬다고?

그놈…
살아 있어?

예, 오른쪽 팔을
잃고 지금
병원에서…

다행이군.

저…

뭐 해? 어서
부축하지 않고?

저기…

죄송해요, 형님.
보일 선배에게
말하지 않은 게
있어요.

스
윽

저희… 테우 형님.
밑에서 일하게
됐어요.

저… 정말 죄송합니다.

그랬구나…

저… 저희도 어쩔 수 없었어요.

괜찮아, 이 자식들아!

네, 사장님. 지아모터스입니다.

대리인을 통해 계약을 취소 하신다고요?

아, 예!

아쉽네요. 그럼 위약금 제외하고 대리인을 통해 계약금 반환하겠습니다.

그럽시다.

이런, 빌어먹을! 하필이면 이럴 때…

이러면 내가 너희 돈 떼먹은 게 확실해지잖아.

정말 테우 형님 말씀이 틀린 게 하나 없군요.

철컥

야, 이놈아!

내 눈 보고 쏘려고? 앞으로 편히 잠들 수 있겠어?

담배 있냐?

마지막으로 음성 전화 한 통화만 하자.

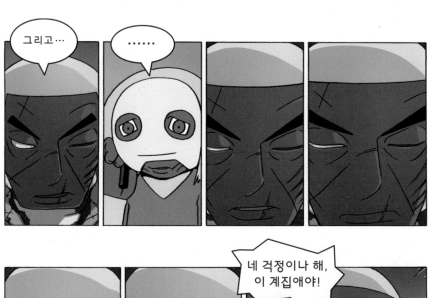

네 걱정이나 해,
이 계집애야!

밥 혼자
처먹지 말고!

후우우…

됐다. 가자!

테우 놈 밑으로
들어갔으니 결국 보일이를
따라야 할 거야.

보일 선배 잘 모셔라.
괜찮은 등신이니까.

감정 실어서 밀면 안 되지! 이 자식아! 나 지금 기분 나빠지려고 하거든!

아, 죄송합니다.

야! 야!

한 방에 끝내!

네, 형님.

달이...

밝다.

타앙

또 술 드셨죠?

아, 저…
그게 그러니까…

정말 반주로만
아주 조금…

됐어요.
사제 감찰단에
알릴 거예요.

아얏! 야와 님,
제… 제발 그것만은…
정말 한두 잔이었어요.
문제가 생길 정도로…

… 마신 거죠, 결국!
창고 서류함에 넣어둔
화기 제작자가
사라지다니…

누구 소행인지는
뻔한 거고!

근데 그게…

흔적이 전혀
남아 있질
않아서요…

……

틱

짜식, 제 동생 목숨을 걸고 넘긴
정보여서 그런지 꽤 실한데…

여기 이 정보들을 역추적해
나가면 나머지 펜타곤들의
행방을 알 수 있겠어.

207

이건··· 사냥 목록인가?

후아아··· 엄청나군.

아, 여기 내 이름···

뜻밖의 손님;
놈의 여자가
찾아오다.

놈의 여자라니···

티

티

이쪽으로···
앉으시죠!

네,
감사합니다.

스
윽

가이린···?

저희를 직접 찾아오신
이유는 짐작이 갑니다만···

한번 지목한 타깃에
대해서는 어떤 협상도
없습니다.

아뇨. 여러분들이
다이크를 사냥하는
문제에 대해서는
관심 없습니다.

208

이델 님, 우주선 출입 때 멸균 에어샤워 하시죠?

네, 당연히…

지금 당장 창고로 가셔서 조명을 블랙라이트 모드로 바꿔보세요.

인공 칼번 숲의 공기는 우모라라는 미생물로 가득해요.

이것들은…!
블랙라이트!
팟

자외선에 발광하는 특징이 있습니다.
아…

똑 똑 똑

주… 주인님!

큭큭큭…

흔적 안 남기려고 성분도 모르면서 칼번 숲 공기랑 치환을 하셨어?

너 이 쥐새끼!
감히 날 가지고 놀았겠다?

알겠어? 셋 셀 동안 화기 제작자를 꺼내놓지 않으면 넌 죽어!

하나!

잠시 같이 지내는 것뿐이에요.

주인님?

둘!

다이크, 그 남자를 믿지 않아요!

아니야!

주... 주인님!

셋!

저는 엘 님의 보호가 필요합니다!

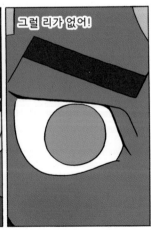

그럴 리가 없어!

덴마 주인님!

응…?

우리 덴마 군, 선을 넘었어!

뭐?

야… 야와 님!

야와의 이름으로…

덴마호 폐기!

뭐…

뭐라는 거야?

치이익

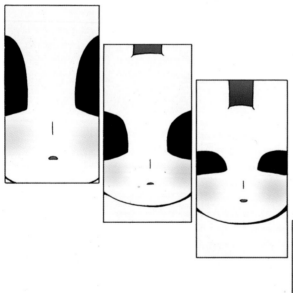

마침.

A.E.

5년 뒤, 칼번.

CS 24 편의점

아르르르…

국적 국적

퉤

아르르르…

국적 국적

퉤

하아아…

쿵쿵 쿵쿵

오케이…

스읔

오빠!

218

한나에게 말씀 많이 들었습니다.

……

그래? 난 당신 이야기 오늘 처음 듣는데?

네?

어디…

더듬

더듬

나쁘지 않군.

남자는 허벅지!

벌컥

벌컥

제기랄! 커피 맛이 왜 이래?

팍

우리 한나 눈에서 눈물 나게 하면…

죽여버린다.

친구, 같이 좀 웃지?

……

2권 마침.

그리고…

겨… 경찰을
부르겠어요!

네, 부르셨습니까?

이런…

제가 신호를 보내면
광장으로 전력 질주
하세요!

지금!
어서요!

뭐야, 당신들!

우읍!

거참! 분위기
이상하게 만드시네!

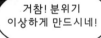

타
닥

타
다
닥

스
윽

223

크으으윽…

향기가 신경을
자극해 누구나 다
무작정 씹어보고
싶어 하더라.

텁

쎅

반장 에드레이를 위한

뭐?

반장 에드레이가…

사보이들에게 납치를 당해?

그렇다면 어서…

3동 쿵기사 전원…

실버퀵 표준 시각…

12시까지 집결해…

반장에게 간다!

저… 저것들은?

서… 설마 전부 쾽인 거냐?

크크크… 분명히 난 경고했어.

이젠 후회해도 소용없지.

어서 오게, 제군들!

이 자식들 전부 쓸어버려!

반장 에드레이를 위한

우주 플래시몹.

DENMA 2

© 양영순, 2015

초판 1쇄 발행일 2015년 1월 21일
초판 6쇄 발행일 2023년 3월 24일

지은이   양영순
채색   홍승희
펴낸이   정은영
펴낸곳   (주)자음과모음
출판등록   2001년 11월 28일 제2001-000259호
주소   10881 경기도 파주시 회동길 325-20
전화   편집부 (02)324-2347, 경영지원부 (02)325-6047
팩스   편집부 (02)324-2348, 경영지원부 (02)2648-1311
E-mail   neofiction@jamobook.com

ISBN 979-11-5740-102-4 (04810)
     979-11-5740-100-0 (set)

이 책에 실린 내용은 2010년 4월 4일부터 2010년 7월 26일까지 네이버웹툰을 통해 연재됐습니다.